petit roman

Pierre Bottero

Illustrations de Claire Delvaux

LE VOLEUR DE CHOUCHOUS

RAGEOT

À Camille et ses cheveux de princesse.
Que j'aime.
Plus que plus.

ISBN : 978-2-7002-3496-1
ISSN : 1965-8370

La catastrophe

– Juliette, tes cheveux !

La voix de la maîtresse avait claqué, presque menaçante. Noémie, ma voisine, s'est tournée vers moi, la mine inquiète.

– Oh non ! ai-je murmuré tout bas. Crotte de bique de zut et d'hyper zut !

C'était la catastrophe ! La vraie catastrophe bien catastrophique !

Le problème, ce n'était pas la maîtresse. Elle n'aime pas qu'on ait les cheveux devant la figure, mais elle n'a jamais puni une élève pour ça.

Ce n'était pas non plus mon exercice de français. Même avec une mèche qui me gratouille le bout du nez, je suis capable de conjuguer le verbe chanter au présent.

Non, le problème, c'était maman !

Bon, il faut que je vous explique.

Je m'appelle Juliette, j'ai huit ans et je suis au CE2.

J'ai les cheveux longs, deux yeux, deux jambes, deux bras, et un seul nez placé juste au milieu de la figure.

J'ai un papa, une maman, un petit frère, et des tas de copines.

J'adore les frites et le chocolat mais pas ensemble.

Je fais de la danse et j'aimerais avoir un cheval ou une panthère noire mais mes parents ne sont pas d'accord.

Je crois qu'en fait je ressemble à beaucoup de filles de mon âge, sauf pour une chose, une atroce et horrible chose : je perds mes chouchous !

(Avis aux ignorants : un chouchou, c'est un bidule élastique, souvent en couleur, qui sert à attacher les cheveux !)

Donc je perds mes chouchous. Tous mes chouchous. Tout le temps ! Et ça rend maman furieuse !

On les a tous essayés : les normaux, les double taille, les demi-taille, les « en tissu » avec l'élastique dedans, les « en plastique » tirebouchonnés, les tout fins et les tout épais, et même ceux en métal qui ressemblent à des ressorts.

Je les ai tous perdus !

Le matin, j'arrive à l'école avec les cheveux soigneusement attachés et, quand je rentre le soir, j'ai la tête d'un épouvantail.

Maman rouspète, gronde, râle, mais en achète de nouveaux.

Du moins en achetait.

Hier soir, la sentence est tombée. Terrifiante !

– J'en ai assez, Juliette ! (Ça, c'est maman qui s'énerve.) Si tu perds encore un seul chouchou, je te coupe les cheveux !

Il y a eu un drôle de silence dans la salle de bain. Me couper les cheveux ? À moi ? Alors que je me contorsionne tous les jours devant la glace pour savoir s'ils m'arrivent aux fesses et que mes copines crèvent de jalousie en les mesurant aux leurs ?

Impossible. Elle devait plaisanter.

Je l'ai regardée attentivement et tout à coup j'ai eu très peur. Elle ne plaisantait pas ! Elle était capable de me faire ça !

« Juliette ma vieille, t'as intérêt à faire attention », me suis-je dit.

Le lendemain, je suis donc partie à l'école les cheveux attachés avec mon dernier chouchou, un chouchou en tissu jaune, aussi serré que possible.

Une heure plus tard, c'était la catastrophe. Mon chouchou avait disparu et je n'avais pas la moindre idée de l'endroit où j'avais bien pu le perdre…

Première rencontre

J'ai coincé mes mèches folles derrière mes oreilles et j'ai regardé sous ma chaise, derrière mon cartable, dans ma trousse…

Pas le moindre chouchou !

– Juliette, cesse de gigoter !

Cette fois-ci, la maîtresse était vraiment menaçante.

J'ai ravalé mon inquiétude, attrapé mon stylo en jetant un dernier regard par terre, juste au cas où. Et là, du coin de l'œil, je l'ai vu !

Une petite boule de fourrure grise de la taille d'un jeune lapin trottinait dans ma rangée, mon chouchou jaune serré entre les dents.

J'ai sursauté et je crois que j'ai poussé un cri, parce que toutes les têtes se sont tournées vers moi.

J'ai pivoté sur ma chaise pour fixer l'animal et… rien. La rangée entre les bureaux était vide.

– Juliette !

La maîtresse avait crié, ce qui lui arrive très rarement, et elle s'est approchée de moi, les mains posées sur les hanches, une flamme inquiétante dans les pupilles.

– Juliette, j'aimerais que tu te mettes IMMÉDIATEMENT au travail !

Elle avait martelé les cinq syllabes du mot « immédiatement », et il aurait fallu être inconsciente pour désobéir. J'ai repoussé mes cheveux derrière mes oreilles et plongé dans mon exercice de conjugaison.

Un lapin voleur de chouchous ! Je devais perdre la boule…

À la récré de dix heures, j'ai retrouvé Marie et Aude près de la murette, à côté de la cantine. Ce sont mes deux vraies copines. On se dit tout, ou presque tout, et on ne se dispute jamais. Presque jamais…

L'an dernier, on a décidé qu'une fois grandes on habiterait ensemble et qu'on serait chatières. Aude nous affirme que c'est le nom des gardiennes de chats, et, même si ça m'étonne un peu, j'oublie toujours de vérifier dans un dictionnaire.

– Ben dis donc, s'est exclamée Marie, t'as mis la maîtresse sacrément en pétard ! T'as mangé des céréales empoisonnées, ce matin ?

Alors, en bégayant un peu, je leur ai tout raconté. Tout, sauf le lapin, parce que je n'avais pas envie qu'elles me prennent pour une folle.

Aude a poussé un petit sifflement.

– Ça alors, c'est pas de chance ! C'est toi qui as les cheveux les plus longs de la classe !

On ne peut pas prétendre que ça m'a remonté le moral… Heureusement, Marie s'est montrée plus réconfortante.

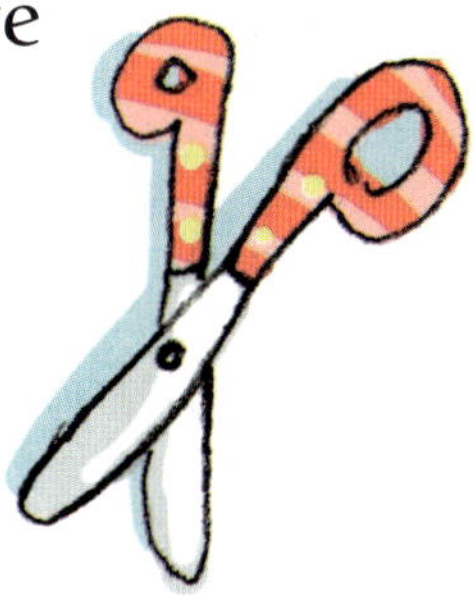

– Elle ne le fera pas, m'a-t-elle assuré. Ma mère menace toujours de me couper les cheveux si je continue à égarer mes chouchous, mais elle ne l'a jamais fait.

J'ai ouvert de grands yeux.

– Toi aussi, Marie, tu perds tes chouchous ?

– Tout le temps. Impossible d'en garder un plus de deux jours. Mais je pensais être la seule. Tu crois qu'il y en a d'autres comme nous ?

Ensemble, nous avons tourné la tête vers Aude.

– Qu'est-ce que vous avez donc à me regarder comme ça ? s'est-elle étonnée. Moi aussi je perds mes chouchous, mais ma mère est normale. Elle n'a pas prévu de me scalper !

Je l'ai fusillée du regard. Pour se faire pardonner, elle m'a lancé un gentil clin d'œil. Puis elle s'est penchée vers nous avec l'allure de comploteuse qu'elle prend quand elle nous confie un secret.

– Je vais vous dire un truc, a-t-elle commencé, mais vous devez jurer de n'en parler à personne.

Et sans attendre notre promesse, elle a poursuivi :

– L'autre jour en classe, j'ai vu une drôle de bestiole en train de voler un chouchou…

Le plan de Marie

– Bon, ai-je lancé. On reprend tout ! Une bestiole bizarre vole nos chouchous et on ne l'aperçoit que si on la regarde du coin de l'œil. Sinon elle est invisible.

Nous étions toujours assises sur la murette et la récréation était presque finie.

J'avais hésité avant de raconter ce que j'avais vu en classe mais, après les révélations d'Aude, je m'étais jetée à l'eau.

Nous avions alors comparé nos observations et dressé un portrait de l'ennemi. Au début, Marie avait eu du mal à nous croire mais, finalement, nous avions réussi à la convaincre.

Et elle a pris les choses en main.

Une fois déterminée, Marie peut être redoutable. Au début de l'année, c'est elle qui a défendu Noémie contre la grande Sophie du CM2. Elle était prête à la bagarre, même si elle n'est guère plus musclée qu'une fraise Tagada, et Sophie n'a pas insisté.

Puisque Marie avait accepté l'existence du voleur de chouchous, elle lui a déclaré la guerre :

– Y'a pas de raison que cet animal nous pique nos affaires ! On va lui faire sa fête !

– Et tu comptes t'y prendre comment, madame le général ? a demandé Aude. On n'arrive même pas à le voir, alors pour ce qui est de l'attraper…

Aude est une vraie copine, mais c'est aussi une vraie peste. Avec une langue aussi aiguisée que le couteau de pépé.

– T'inquiète, a rétorqué Marie, j'ai un plan.

En classe, j'ai vite compris de quel plan il s'agissait.

La maîtresse avait à peine commencé à écrire au tableau que Marie a enlevé le magnifique chouchou doré qui attachait une de ses tresses. Et elle l'a laissé tomber par terre, devant elle.

Exprès.

Pendant quelques secondes, je me suis concentrée sur le chouchou, guettant l'apparition du voleur à fourrure. Puis j'ai remarqué que mes amies tournaient la tête de l'autre côté.

Bien sûr ! Que j'étais nouille ! Le voleur ne se montrait que si on ne le regardait pas.

Je me suis donc mise à guetter du coin de l'œil.

Eh bien, c'est pas fastoche !

Lire au tableau tout en observant le sol, sans remuer la tête, ça donne vite un sacré mal de crâne.

On ne s'est toutefois pas laissé distraire et, malgré les coups d'œil étonnés de la maîtresse et les raideurs à la nuque, on a continué notre surveillance.

À onze heures dix, alors que mes yeux me suppliaient de les laisser se reposer, il est apparu.

On aurait vraiment dit un lapin en peluche sauf que ses oreilles étaient rondes plutôt que longues. Il avait le corps recouvert d'une fourrure grise qui semblait toute douce, et se déplaçait d'une démarche souple et sautillante à la fois.

Il a délicatement saisi le chouchou de Marie entre ses pattes de devant et l'a porté à sa bouche.

Puis il s'est remis tranquillement en route.

Nous aurions pu le suivre des yeux jusqu'à sa cachette, mais ce maladroit de Martin a fait tomber sa gomme.

En un éclair, le voleur de chouchous est devenu invisible.

Raté !

Deuxième plan

À midi, nous mangeons à la cantine. Quand je dis nous, c'est Aude, Marie et moi. Il y a d'autres élèves bien sûr, beaucoup même, mais comme ils n'ont rien à voir avec cette histoire, je ne vais pas vous en parler.

Ou plutôt si, je vais vous parler de Charlotte, Cassandra et Aurélie, parce qu'elles sont aussi au CE2, qu'elles ont les cheveux longs, et que nous nous sommes retrouvées à leur table.

Marie les a interrogées pour savoir si elles perdaient parfois leurs chouchous…

Eh bien, nous n'étions pas les seules à vivre ce cauchemar. Loin de là ! Toutes les filles de l'école étaient victimes de ce satané voleur !

Ça m'a un peu rassurée, mais pas trop. Nous étions déjà à la mi-journée, mon chouchou jaune avait disparu, et l'image de maman, une affreuse paire de ciseaux à la main, se précisait.

Nous avons eu de la mousse au chocolat pour le dessert, mais je n'ai pas réussi à la finir. J'avais comme une boule sur l'estomac, qui s'alourdissait d'heure en heure…

– Nous allons lui tendre un piège ! a dit Marie d'une voix assurée.

Nous étions de retour près de la murette, il était une heure vingt.

– Mais... Que... Que... ai-je fait intelligemment remarquer.

– T'inquiète, a rétorqué Marie, j'ai un plan !

J'avais déjà entendu ça, et le résultat n'était pas brillant : Marie n'avait plus qu'une tresse et le voleur de chouchous courait toujours...

Comme je n'avais rien d'autre à proposer, j'ai soupiré et j'ai écouté la suite.

– Bon, on va se répartir les rôles, a ordonné Marie. Aude, tu déniches un carton, pas trop gros mais solide. Juliette, tu trouves des chouchous, au moins douze mais vingt ce serait mieux. Moi, je m'occupe de la maîtresse.

Sans attendre, elle s'est dirigée vers le portail de l'école. Nous avons échangé un long regard avec Aude.

– Bon qu'est-ce qu'on fait ? m'a-t-elle demandé. J'aime pas quand elle se prend pour la chef !

J'étais d'accord avec elle, mais je n'avais pas le choix.

– Tu sais, je crois que ma mère était sérieuse, lui ai-je dit. Si je rentre sans mon chouchou, elle va vraiment me couper les cheveux.

Aude a secoué la tête en levant les yeux au ciel.

– C'est bon. Je vais le chercher, ce carton !

Trouver douze chouchous en dix minutes alors qu'on a passé sa vie à en perdre est un sacré exploit… Je l'ai réussi !

J'ai commencé par regarder par terre : deux. Puis j'ai exploré les recoins de la cour : trois de plus.

J'ai eu une idée géniale et j'ai vidé mon cartable : un. Dans ma poche, j'ai découvert une bille super belle que je n'ai eu aucun mal à échanger : deux. J'étais un peu à court d'idées, alors j'ai fait appel à la générosité de mes copines : sept !

Quand la sonnerie a retenti, j'avais donc quinze chouchous. Environ la quantité que je consommais en une semaine.

Dans le rang, Marie n'a rien voulu nous dire de son plan et je suis entrée en classe avec le cœur qui battait à mille à l'heure.

D'habitude, j'aime bien les cours d'histoire, mais essayez de vous concentrer sur les mésaventures des Gaulois quand votre esprit est occupé par une gigantesque paire de ciseaux… et un voleur de chouchous !

Je n'ai rien compris ! Je ne suis même pas certaine qu'on ait fait histoire !

À quinze heures, la maîtresse nous a libérés pour la récré mais, au moment où je me levais, elle m'a interpellée :

– Juliette, Marie n'a pas bien compris la leçon de conjugaison. Est-ce que tu peux rester avec Aude pour la lui expliquer ?

C'était donc ça son plan ! Seules dans la classe, nous avions vingt minutes pour attraper un animal invisible qui n'apparaissait dans aucune encyclopédie. Rude affaire !

Dès que le dernier élève est sorti, Marie a lancé des ordres précis :

– Juliette, tu mets les chouchous là, là et là. En ligne, par terre, du bureau de la maîtresse jusqu'à cette table. Termine par celui-là, le gros rouge. Aude, tu poses le carton juste au-dessus, en équilibre sur ta règle pour qu'il retombe facilement si quelque chose la touche. Voilà.

Elle s'est reculée de trois pas pour juger de l'efficacité de son plan et a levé un pouce satisfait.

– Génial ! À nous maintenant, et surtout guettez discrètement du coin de l'œil !

On s'est assises, et les minutes les plus longues de ma vie ont commencé à s'égrener lentement, très lentement, très très lentement !

J'étais sur le point de renoncer, lorsqu'il a surgi. Juste de dessous le bureau de la maîtresse !

Il a saisi le premier chouchou et l'a rangé à l'intérieur de sa joue comme fait un hamster avec des graines.

Le deuxième a subi le même sort, puis le troisième et ainsi de suite. De chouchou en chouchou, le voleur est arrivé jusqu'à la boîte.

On était parfaitement immobiles, de véritables statues. Seuls les coins de nos yeux frémissaient.

Il s'est finalement approché du dernier chouchou rouge et ses joues distendues ont frôlé la règle. Le carton est tombé. On le tenait !

Le pacte

– Bon qu'est-ce qu'on fait maintenant ? j'ai demandé.

Pour une fois, Aude a pris la direction des opérations.

– On perce un petit trou dans le carton pour l'observer.

Ça a été vite fait.

Évidemment, on s'est cogné la tête en voulant toutes regarder en même temps !

– Première ! ai-je exigé. C'est moi qui risque ma vie en ce moment !

Bon, d'accord, j'exagérais un peu, mais les copines n'ont rien trouvé à redire. Elles se sont écartées et j'ai placé mon œil contre le trou que venait de faire le compas de Marie.

Rien ! Le carton était vide ! Je me suis mise à trembler. J'étais fichue, j'allais me faire ratiboiser les cheveux !

À leur tour, Marie et Aude ont collé l'œil à l'orifice. Elles ont poussé un grognement de surprise et Aude a tendu la main pour soulever le carton. Je l'ai arrêtée juste à temps.

– Non ! Il est là !

– Mais…

– Il s'est rendu invisible et si tu soulèves le carton, il va s'enfuir. Tu piges ?

Aude a hoché la tête, mais déjà j'avais approché ma bouche du trou dans le carton.

– Voleur, me suis-je exclamée, tu m'entends ?

Évidemment, il ne m'a pas répondu.

– Voleur, ai-je repris, si tu ne rends pas IMMÉDIATEMENT tous les chouchous que tu as piqués, tu vas le regretter !

J'avais essayé de parler avec une voix de maîtresse, et j'étais assez contente de moi. Le lapin invisible, lui, n'a pas été impressionné, et n'a pas émis un seul bruit. Ça n'allait pas se passer comme ça !

– Voleur, je vais compter jusqu'à trois et si tu n'obéis pas, je remplis ton carton avec de la purée de salsifis avant de te jeter dans une poubelle. Un ! Deux ! Tr…

– Chtop ! Che me rends !

La voix qui sortait du carton était emplie de terreur.

– Che ne chupporte pas les chalchifis. Ne faites pas cha ! Che chuis allerchique aux chalchifis !

Je n'ai pas été surprise. Les salsifis sont une des choses les plus atroces du monde et il fallait vraiment que je sois en colère pour avoir proféré cette menace !

Marie, Aude et moi avons échangé un regard entendu. La maîtresse allait bientôt rentrer de récré avec les autres, on devait conclure.

– Pourquoi est-ce que tu voles nos chouchous ? a demandé Marie.

La question n'était pas essentielle, mais j'ai tendu l'oreille pour entendre la réponse.

– Che peux pas faire autrement. Ch'est plus fort que moi. Ch'est ma nature en quelque chorte. Ma maichon est pleine de chouchous, che…

– Stop ! l'a coupé Marie. Crache ceux que tu as dans la bouche, on te comprendra mieux, et redeviens visible. Sauf si tu veux prendre un bain de salsifis…

Il y a eu une série de crachotements et quand j'ai regardé par le trou du carton, je l'ai enfin vu. Un lapin tout doux avec des oreilles rondes, une fourrure d'un gris brillant, et quinze chouchous autour de lui !

Il était mignon à croquer et j'ai eu du mal à conserver mon ton de maîtresse.

– Si on te libère, promets-tu de nous rendre tous ceux que tu as volés ?

Il a levé vers moi deux yeux merveilleusement bleus.

– Che le chure !

– Parce que, vois-tu, pour toi c'est un jeu, mais pour moi c'est une catastrophe. Si je rentre sans chouchou, ma mère va piquer une colère atomique…

J'avais parlé gentiment au voleur et Aude m'a saisi l'épaule.

– Tu ne vas tout de même pas lui faire confiance !

À cet instant précis, la porte de la classe s'est ouverte.

– Alors les filles, cette leçon ? a demandé la maîtresse.

Puis elle a découvert le carton.

– Mais qu'est-ce que fait cette boîte au milieu de la classe ? Juliette, s'il te plaît, peux-tu me l'apporter ?

Je n'avais pas le choix. Lentement, j'ai soulevé le carton. Le voleur avait disparu. Et les chouchous aussi.

Je me suis assise avec un pincement au cœur.

Pourvu qu'il tienne sa promesse !

Le trésor

Quand la sonnerie de quatre heures et demie a retenti, j'étais dans un état épouvantable. Le voleur de chouchous m'avait trahie !

Pendant plus d'une heure j'avais guetté le moindre mouvement, croisé les doigts pour qu'il se montre.

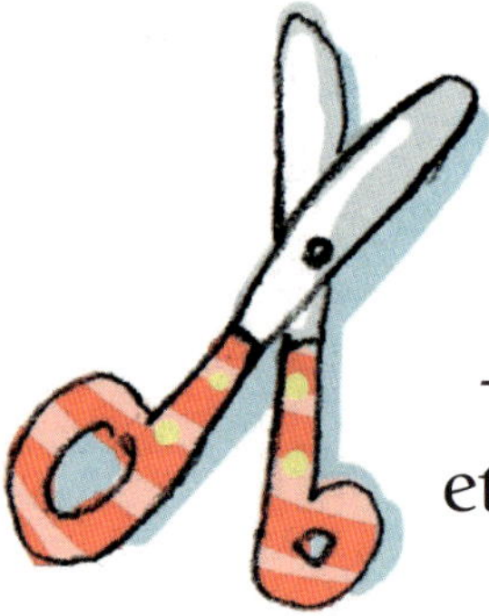

Ou pour qu'il me rende au moins mon chouchou jaune… En vain !

– Les enfants, prenez vos sacs et mettez-vous en rangs.

Inconsciente de l'horreur qui m'attendait, la maîtresse avait sa voix calme habituelle et ça m'a donné envie de pleurer. Mes cheveux ! Mes pauvres cheveux !

Je me suis levée et là, un truc bizarre m'a sauté aux yeux.

Mon cartable maigrichon était énorme ! Si énorme que ses coutures menaçaient de craquer… Et, surtout, un morceau de tissu jaune était posé sur la poignée. Mon chouchou !

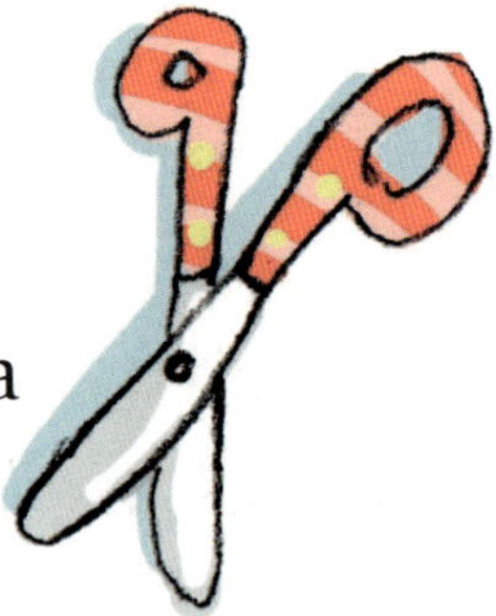

Le cœur au bord de l'explosion, j'ai jeté un œil sous le rabat. Des chouchous ! Des dizaines, non, des centaines de chouchous, de toutes les couleurs, de toutes les formes, de toutes les matières !

J'ai attaché mes cheveux avec le mien et j'ai couru rejoindre mes copines. Dans le rang, je leur ai tout raconté.

Le lapin voleur avait tenu parole !

J'étais sauvée !

Quand je suis enfin arrivée à la maison, maman a souri en découvrant ma queue de cheval.

Moi, bien sûr, je ne lui ai pas parlé de mon aventure. Je ne pense pas qu'elle m'aurait crue, mais surtout, avec Aude et Marie, nous avions décidé de garder le secret sur notre butin.

Nous savions toutes qu'il était impossible de faire confiance au lapin voleur de chouchous. Tôt ou tard, il reprendrait ses larcins, nous mettant à la merci de nouvelles colères maternelles.

Mais avec le trésor qu'il nous avait laissé, nous ne risquions plus rien. Il pourrait voler autant de chouchous qu'il voudrait, nos cheveux seraient toujours attachés.

J'ai caché notre merveilleuse réserve au fond de mon placard et je suis descendue faire mes devoirs.

Je me sentais légère…

Plus tard, en ouvrant la porte de ma chambre, j'ai cru apercevoir du coin de l'œil une forme rose tachetée de blanc se glisser sous mon lit. Soudain inquiète, je me suis précipitée vers mon placard.

Catastrophe. Tous les chouchous avaient disparu. Tous !

Naïve, j'avais cru que le voleur de chouchous était un animal unique vivant entre les murs de l'école. J'avais tort, et mon trésor s'était envolé…

Les voleurs de chouchous vivent partout où se trouvent des fillettes aux cheveux longs, alors si un jour, du coin de l'œil, vous apercevez une sorte de lapin à la fourrure toute douce et aux grands yeux bleus, qu'il soit gris, rose ou vert fluo, méfiez-vous !

Et si vous tenez à vos chouchous, un conseil : ayez toujours à portée de la main un carton et une bonne dose de purée de salsifis…

L'auteur

Lorsque ses filles étaient petites, **Pierre** les emmenait souvent cueillir des clochinettes sur la lune ou faire de longues promenades à dos de dragon. Il leur attachait aussi les cheveux avec des chouchous de toutes les couleurs et ça, au moins, c'est vrai.

Un jour, contrarié que les chouchous en question disparaissent sans cesse, il a mené une enquête et percé l'incroyable secret. Et puisqu'il adore écrire des histoires, il a décidé d'en faire un roman.

petit roman

www.rageot.fr

LE GRAND CONCOURS DES SORCIÈRES
Annelise Heurtier

MA JOURNÉE À LA FERME
Philippe Barbeau

MA PLUS GRANDE AMIE
Pippa Goodhart

PLUS PETIT QUE SOI
Roselyne Bertin

Achevé d'imprimer en France en mars 2012
par l'imprimerie Clerc.
Dépôt légal : avril 2012
N° d'édition : 5633 – 03